Élodie Ciseaux

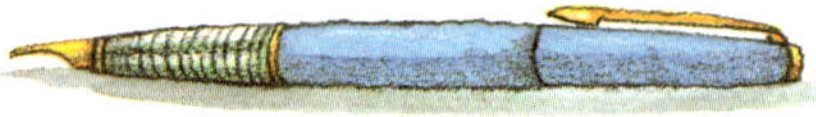

Catherine de Lasa est née à Caen en 1956. Après des études de littérature, elle assouvit sa passion en écrivant des poèmes, des contes et des histoires pour enfants. Dans son travail comme dans sa vie, elle aime varier les genres. Actuellement, elle élève ses cinq enfants, écrit toujours et pratique occasionnellement le karaté ! Ses ouvrages sont publiés chez Gallimard, Nathan, Fleurus et Bayard Éditions.

Du même auteur dans Bayard Poche :
En route, petit frère ! (J'aime lire)

Roser Capdevila vit à Barcelone où elle est née en 1939. Dès l'enfance, elle se découvre une passion pour le dessin et tout naturellement s'inscrit à l'École des beaux-arts. Elle enseigne l'art graphique en Espagne puis crée des impressions sur tissu. C'est en 1980 qu'elle commence à illustrer des livres pour enfants, édités dans plusieurs pays dont la France (Nathan, Casterman, Bayard Éditions et les publications de Bayard Presse).

Du même illustrateur dans Bayard Poche :
L'angine de Maman - La marmaille de la reine - Flora chanteuse d'opéra - Flora part à Pékin
(Les belles histoires)
Une sorcière dans le cartable - La reine de la récré
(Mes premiers J'aime lire)
Drôles de contrôles - Drôle de colo - Drôle de cadeau
(J'aime lire)

ISBN 2.227.72188.X

Élodie Ciseaux

Une histoire écrite par Catherine de Lasa
illustrée par Roser Capdevila

Cinquième édition

BAYARD POCHE

Élodie Ciseaux coud
des robes de mariée
pour toutes les demoiselles
du pays.
Elle a tous les tissus
qu'on veut, des plumes,
du tulle*, des rubans.

* Ce mot est expliqué page 43, n° 1.

Elle peut coudre
toutes les robes qu'on veut,
il suffit de lui faire un dessin.
Toutes les crémières,
toutes les meunières,
les boulangères et les bergères
veulent une robe cousue par Élodie
pour être la plus belle mariée du pays !

Un jour, le facteur arrive
dans la boutique d'Élodie.
Il apporte une lettre :
« Je dois me marier samedi,
faites-moi une robe
avec un million de petits plis
et une traîne* de six mètres. »
Signé : Mademoiselle Laplusjolie.

* Ce mot est expliqué page 43, n° 2.

Élodie se met au travail,
elle coupe, elle repasse, elle plie.

Tout d'un coup, elle s'aperçoit
que le facteur est toujours là.
Il dit :
– Je n'ai pas d'autres lettres
à porter cet après-midi.
Si vous voulez, je peux vous aider.
Élodie répond :
– D'accord, tenez-moi les plis,
je vais les repasser.
Le facteur obéit. Tout en travaillant,
il rit avec Élodie. Il raconte :
– Hier, mon vélo s'est cassé,
j'ai dû porter toutes mes lettres à pied.
Élodie répond :
– Moi aussi, il m'arrive
que ma machine tombe en panne.

Et voilà, l'après-midi est fini.
Il fait nuit.
Le facteur s'en va.
Élodie coud toute seule
jusqu'à minuit.

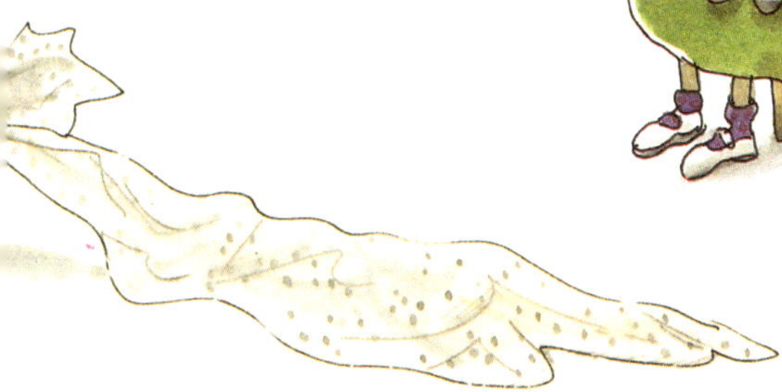

Mais le lendemain,
le facteur revient.
Il apporte
une autre lettre.

« J'ai bien réfléchi,
pour mon mariage, samedi,
je serai beaucoup plus jolie
avec une salopette-short très courte
avec un million de petits boutons. »
Signé : Mademoiselle Laplusjolie.
Élodie n'est pas très contente :
– Elle me prend pour qui,
cette Laplusjolie ?
C'est une belle girouette*, oui !
Qu'elle se marie en maillot de bain,
et qu'elle me fiche la paix !

* Ce mot est expliqué page 44, n° 3.

Mais le facteur la supplie :
– S'il vous plaît, Mademoiselle Élodie,
laissez-moi vous aider.
Je me suis dépêché,
j'ai porté toutes mes lettres ce matin.

Élodie répond :
– D’accord, voilà le mètre,
marquez la place des boutons,
je vais les coudre.
Le facteur obéit.
Tout en travaillant,
il chante des chansons
et Élodie chante avec lui.
Et voilà, l’après-midi est fini.
Il fait nuit, le facteur s’en va.
Élodie coud jusqu’à minuit.

Mais le lendemain,
le facteur revient.
Il apporte
encore une lettre.

« J’ai bien réfléchi,
pour mon mariage, samedi,
je serai encore plus jolie
avec une robe en forme de cœur
et un million de petits bouquets de tulle. »
Signé : Mademoiselle Laplusjolie.
Cette fois-ci, Élodie est furieuse.
– Cette Laplusjolie me fait tourner
en bourrique*.
Dites-lui d’aller voir ailleurs si j’y suis !
Pour son mariage samedi,
elle n’a qu’à se coudre un pagne*
avec des bananes !

* Ces mots sont expliqués page 44, n° 4 et page 45, n° 5.

Le facteur demande doucement :
– Cette robe en forme de cœur,
on va la faire tous les deux.
Tant pis pour mes lettres !
Je les porterai demain
ou la semaine prochaine.

Élodie répond :
– D’accord, faites un grand cœur
avec du fil de fer,
je vais tendre le tissu dessus.
Et voilà, l’après-midi est fini
et la robe en forme de cœur aussi.

Il fait nuit, le facteur s’en va.
Élodie veille jusqu’à minuit.
Elle a envie d’écrire des poésies.

Mais le lendemain, le facteur revient.

Il apporte une lettre.

« J'ai bien réfléchi,
pour mon mariage samedi,
je vais me bricoler
une robe genre tour Eiffel
avec des phares
et des lampes clignotantes.
En tout cas, je vous invite à la noce
avec le facteur. »
Signé : Mademoiselle Laplusjolie.

Au mariage de
mademoiselle Laplusjolie,
Élodie et le facteur
ont dansé toute la nuit.
Ils ont décidé de se marier
le samedi suivant.

Du lundi au samedi,
ils ont cousu la robe de mariée d'Élodie
avec des millions de boutons dans le bas
et une traîne de douze mètres
avec un million
de petits bouquets de tulle.
Et pour son mariage,
Élodie était vraiment la plus jolie !

LES MOTS DE L'HISTOIRE

1. Le **tulle** est un tissu avec de petits trous, si fin et si léger qu'il est transparent. On en fait des voiles de mariée, ou bien des voiles de berceau.

2. La **traîne** d'une mariée, c'est l'arrière de sa robe, qui forme comme un tapis étalé derrière elle. Quand la mariée marche, la traîne traîne derrière elle !

3. Une **girouette** sert à indiquer la direction du vent. Quand le vent change de sens, la girouette tourne. Quand quelqu'un change d'avis tout le temps, on dit qu'il est une girouette.

4. Une **bourrique,** c'est un âne. Faire tourner quelqu'un en bourrique, c'est le rendre bête comme un âne à force de l'embêter.

5. Un **pagne,** c'est un morceau de tissu tout simple que les Africains enroulent et attachent autour de leur corps, pour s'habiller.

Les belles histoires,
de Bayard Poche, c'est une série de livres pour rire, s'émouvoir et rêver.

Des livres d'humour

Les mots de Zaza **(BH 25)**
Zaza est une souris rigolote qui collectionne... les mots. Les petits, les moyens, mais aussi les gros... Ceux qui font scandale et froid dans le dos !
Écrit par Jacqueline Cohen et illustré par Bernadette Després

Des livres sur la vie, ses joies, ses peines

Poulou et Sébastien **(BH 17)**
Ils sont si différents qu'ils n'auraient jamais dû se rencontrer. Mais l'amitié, ça peut être aussi un coup de foudre !
Écrit par René Escudié et illustré par Ulises Wensell.

Des livres où les animaux sont les héros

Mic la souris **(BH 5)**
Trouver une maison de souris, ce n'est pas facile quand le soulier et le cartable ont déjà des locataires.
Écrit par Anne-Marie Chapouton et illustré par Thierry Courtin.

Et aussi des contes, des histoires fantastiques, du frisson...

Tous les mois, la lecture plaisir avec le magazine de ton choix

Les Belles Histoires
Dès 3 ans.
*ne **belle histoire** qui arrive tous s mois, c'est une chance de plus de partir chaque soir dans de nouvelles aventures extraordinaires. Avec en supplément des jeux, des hansons et les héros espiègles : Charlotte et Henri.*

Pomme d'Api
Dès 3 ans.
*Avec Petit Ours Brun, Mimi Cracra et compagnie, envole-toi à la découverte du monde ! Il n'y a pas mieux que les histoires, les jeux et les surprises de **Pomme d'Api** pour rire, s'amuser, inventer.*

Youpi
Dès 4 ans.
De la maternelle au CE1.
*st-ce le vent qui fait avancer les ions ? Pourquoi il pleut ? Pour tout savoir sur l'histoire, les animaux, les sciences et la nature, retrouve tous les mois **Youpi** le petit curieux.*

Si tu veux recevoir un magazine en cadeau ou t'abonner, tél. : 01 44 21 60 00

Achevé d'imprimer en Avril 2001 par OBERTHUR Graphique
35000 RENNES - N° 3681
Dépôt légal : Janvier 1995 - N° Editeur : 6776
Imprimé en France